Pour Virginia McKenna

Traduit de l'anglais
par Noël Chassériau

Maquette : Light motif

ISBN : 978-2-07-053657-3
Titre original : *The Butterfly Lion*
Édition originale publiée par HarperCollins*Publishers* Ltd

N° d'édition : 255919
Loi n° 49-956 du 16 juillet 1949
sur les publications destinées à la jeunesse
Premier dépôt légal : juin 1998
Dépôt légal : juin 2013
Imprimé en Italie par Gruppo Editoriale Zanardi

Michael Morpurgo

LE LION BLANC

illustré par Jean-Michel Payet

GALLIMARD JEUNESSE

CHAPITRE 1

ENGELURES ET PUDDING DE SEMOULE

Les papillons ont une existence fort courte. Une fois éclos, ils s'épanouissent et volettent durant quelques radieuses semaines, puis meurent. Pour les voir, il faut être au bon endroit au bon moment. Et c'est ainsi que j'ai découvert le lion de papillons : je me suis trouvé à l'emplacement voulu à l'instant voulu. Il ne s'agissait pas d'un rêve. Mon imagination n'est nullement en cause. Je l'ai vu de mes yeux, bleu et chatoyant au soleil, un après-midi de juin, quand j'étais enfant. Il y a bien longtemps de cela, mais je m'en souviens parfaitement. Je n'ai pas le droit d'oublier. Je leur ai promis que je n'oublierais jamais.

A l'époque, j'avais dix ans et je croupissais dans un pensionnat au fin fond du Wiltshire. C'était loin de chez moi, ce que je détestais, et j'étais gavé de latin, de ragoût, de rugby, de punitions, de cross-country, d'engelures, d'interrogations écrites, de lits grinçants et de pudding de semoule. Et, surtout, il y avait Battling Beaumont, qui me terrifiait et me persécutait si bien que je passais le plus clair de ma vie à le redouter. J'avais souvent songé à m'enfuir, mais je ne m'armai qu'une seule et unique fois de suffisamment de courage pour passer à l'action.

Une lettre de ma mère m'avait rendu nostalgique. Battling Beaumont m'avait coincé dans le placard aux chaussures et tartiné les cheveux de cirage noir. Je m'étais empêtré dans un exercice d'orthographe, et M. Carter m'avait envoyé au coin pour toute la durée du cours avec un bouquin en équilibre sur la tête (sa torture préférée). Jamais je ne m'étais senti aussi malheureux. Je gravai mes initiales dans le plâtre du mur et pris la décision irrévocable de m'évader.

Je m'éclipsai le dimanche suivant, pendant l'après-midi.

Avec un peu de chance, mon absence passerait inaperçue jusqu'au dîner et, à ce moment-là, je serais rentré à la maison et libre. J'escaladai la clôture au fond du parc, derrière les arbres, là où on ne risquait pas de m'apercevoir, et je détalai. Je courus comme si j'avais une meute de chiens policiers à mes trousses, sans m'arrêter avant d'avoir franchi la brèche des Innocents et atteint la route qui passait derrière. Mon évasion était soigneusement préparée. Je marcherais jusqu'à la gare, située à six ou sept kilomètres de là, et prendrais le train pour Londres. Là, le métro me conduirait à la maison, dont je pousserais la porte en déclarant tout net qu'il n'était pas question que je remette jamais les pieds dans cette école.

La route n'était guère fréquentée, mais je n'en relevai pas moins le col de mon imperméable, afin que personne ne puisse apercevoir mon uniforme. Il s'était mis à pleuvoir, de grosses gouttes qui en annonçaient beaucoup d'autres. Je traversai la chaussée et courus dans l'herbe du bas-côté, à l'abri des arbres. Ce bas-côté, qui était très large, longeait un haut mur de brique, en grande partie recouvert de lierre, qui continuait à perte de vue sans aucune ouverture, excepté, à un coude de la route, un imposant portail voûté surmonté d'un gros lion de pierre. En m'approchant du portail, je constatai que ce lion rugissait sous la pluie, babines retroussées et crocs découverts. Je m'arrêtai un instant pour le regarder et, à ce moment-là, j'entendis une voiture ralentir dans mon dos. Sans prendre le temps de réfléchir, je poussai la grille de fer forgé, la franchis d'un bond et me plaquai contre le pilier de pierre. Je suivis la voiture des yeux jusqu'à ce qu'elle disparaisse dans le virage.

Me faire pincer maintenant me vaudrait une correction : quatre coups de canne, sinon six, au creux des genoux. Mais le plus grave, c'est que je serais de retour à l'école, aux retenues, et que je retrouverais à Battling Beaumont. Suivre la route était dangereux. J'allais essayer de gagner la gare en coupant à travers champs. Ce serait plus long, mais plus sûr.

CHAPITRE 2

UNE ÉTRANGE RENCONTRE

J'étais encore en train de m'interroger sur la direction à prendre lorsque j'entendis une voix derrière moi.

– Qui êtes-vous ? Qu'est-ce que vous cherchez ?

Je me retournai.

– Qui êtes-vous ? répéta la voix.

C'était celle d'une vieille dame à peine plus grande que moi, dont les yeux me scrutaient sous un chapeau de paille dégoulinant d'eau. Ses yeux étaient si perçants que je n'osai pas soutenir leur regard.

– Je ne pensais pas qu'il pleuvrait, dit-elle plus aimablement. Vous êtes égaré ?

Je ne répondis pas. Elle tenait un chien en laisse, un molosse de la gorge duquel s'échappait un grondement de mauvais augure et dont le poil était hérissé tout le long du dos. Elle sourit.

– Le chien dit que vous êtes dans une propriété privée, continua-t-elle en braquant sur moi une canne accusatrice du bout de laquelle elle écarta mon imperméable. Vous vous êtes sauvé de l'école, hein ? Eh bien, si elle est restée la même qu'autrefois, ce n'est pas moi qui vous blâmerai. Mais nous ne pouvons pas rester plantés là sous la pluie, n'est-ce pas ? Il vaut mieux que vous veniez à la maison. Nous allons lui faire une tasse de thé, hein, Jack ? Ne vous inquiétez pas pour Jack : il aboie, mais il ne mord pas.

Ce qui, en regardant Jack, me parut difficile à croire.

Je ne sais pas pourquoi, mais pas un instant, je ne songeai à m'enfuir. Par la suite, je me suis souvent demandé pour quelle raison j'avais suivi si volontiers la vieille dame. Je pense que c'est parce qu'elle s'attendait à ce que je vienne, parce qu'elle voulait que je vienne. Je leur emboîtai le pas, à elle et à son chien, jusqu'à la maison, qui était immense, aussi grande que mon école. Elle semblait avoir surgi du sol. On n'en voyait pratiquement pas une brique, pas une pierre, pas une tuile. Toute la construction était envahie par les plantes grimpantes, jusqu'au toit sur lequel une douzaine de cheminées enveloppées de lierre pointaient vers le ciel.

Nous nous assîmes près du fourneau, dans une vaste cuisine voûtée.

– La cuisine est toujours la pièce la plus chaude, dit-elle en ouvrant la porte du four. Vous serez sec en un rien de temps. Des petits pains au lait ? poursuivit-elle en se penchant avec quelque difficulté pour plonger une main dans le four. Je fais toujours des petits pains au lait le dimanche. Et du thé pour les faire descendre. Ça vous va ?

Elle continua à bavarder en s'affairant avec la bouilloire et la théière. De son panier, le chien me surveilla continuellement sans cligner une seule fois des yeux.

– J'étais en train de réfléchir, dit-elle. Vous serez le premier jeune à avoir franchi le seuil de cette maison depuis Bertie.

Elle resta un instant silencieuse. L'odeur des pains au lait envahit la cuisine. J'en engloutis trois avant même de toucher à mon thé. Ils étaient sucrés et moelleux, et le

beurre fondant en faisait un délice. La vieille dame se remit à jacasser gaiement, sans que je sache au juste si elle s'adressait à moi ou à son chien. Je ne l'écoutais que d'une oreille, les yeux fixés sur la fenêtre, derrière elle. Le soleil perçait à travers les nuages, illuminant la colline. Un arc-en-ciel traçait sa courbe parfaite d'un horizon à l'autre, mais, tout miraculeux qu'il fût, ce n'était pas lui qui me fascinait. Curieusement, les nuages projetaient sur le sol une ombre bizarre. En forme de lion, elle semblait rugir comme celui qui surmontait le portail.

– Revoilà le soleil, dit la vieille dame en m'offrant un nouveau petit pain que j'acceptai avec empressement. Il est constamment là, vous savez. On a parfois tendance à l'oublier, mais il y a toujours du soleil derrière les nuages, et ceux-ci finissent par s'en aller. Invariablement.

Elle me regardait manger en souriant, et son sourire me faisait chaud au cœur.

– N'allez pas vous imaginer que j'ai hâte que vous partiez, parce que ce serait faux. C'est un plaisir de voir un jeune manger avec appétit, un plaisir d'avoir de la compagnie. Cependant, il serait peut-être préférable que je vous reconduise à l'école quand vous aurez fini votre thé, vous ne croyez pas ? Sinon, vous aurez des ennuis. La fuite n'est pas une solution, vous savez. Il faut tenir jusqu'au bout, réfléchir soigneusement et faire son devoir, quel qu'il soit. (Elle parlait en regardant par la fenêtre.) C'est mon Bertie qui m'a enseigné cela, Dieu le bénisse, à moins que ne ce soit moi qui le lui aie appris, je ne me souviens plus.

Et elle continua à parler, à parler d'abondance, mais mes pensées étaient de nouveau ailleurs. Le lion était toujours sur la colline, mais il était devenu bleu et chatoyait au soleil. On aurait dit qu'il respirait, qu'il était vivant. Ce n'était plus une ombre : les ombres ne sont jamais bleues.

– Non, ce n'est pas une hallucination,

murmura la vieille dame. Il n'y a rien de magique là-dedans. Ce lion est tout à fait réel. Il nous appartient, à Bertie et à moi. C'est notre lion de papillons.

– Qu'est-ce que vous voulez dire ? demandai-je.

Elle m'observa longuement, attentivement.

– Je veux bien vous l'expliquer, répondit-elle. Cela vous ferait plaisir de le savoir ? Vous en avez vraiment envie ?

Je hochai vigoureusement la tête.

– Commencez par reprendre un petit pain et une autre tasse de thé. Ensuite, je vous emmènerai en Afrique, là où est né notre lion, là d'où était également venu mon Bertie. C'est une longue histoire, je vous préviens. Vous êtes allé en Afrique ?

– Non, répondis-je.

– Eh bien, je vous y emmène, dit-elle. Nous y partons tous les deux.

Brusquement, je n'avais plus du tout faim. Tout ce que je désirais maintenant, c'était écouter son histoire. Elle s'adossa à son siège, les yeux fixés sur la fenêtre, et la raconta lentement, en réfléchissant avant chaque phrase et sans jamais détourner un seul instant son regard du lion de papillons. Et je ne détournai pas davantage le mien.

CHAPITRE 3

TIMBAVATI

Bertie naquit en Afrique du Sud, dans une ferme isolée, à proximité d'un endroit appelé Timbavati. Lorsqu'il commença à marcher, ses parents décidèrent d'élever une palissade autour de la ferme, afin de délimiter un vaste enclos à l'intérieur duquel Bertie pourrait jouer en toute sécurité. Elle n'empêcherait pas les serpents de s'y faufiler – rien ne pourrait les en empêcher – mais, au moins, Bertie serait ainsi à l'abri des léopards, des lions et des hyènes. Cet enclos englobait la pelouse et le jardin situés devant la maison, ainsi que les étables et les écuries construites derrière ; apparemment, un espace amplement suffisant pour un petit garçon. Mais pas pour Bertie. Le domaine s'étendait à perte de vue dans toutes les directions, dix mille hectares de veld, la savane sud-africaine. Le père de Bertie était éleveur, et les temps étaient durs. Les pluies avaient trop souvent fait défaut, et beaucoup des ruisseaux et des points d'eau étaient pratiquement à sec. Ayant moins de gnous et d'impalas à se mettre sous la dent, les lions et les léopards se rabattaient sur le bétail chaque fois qu'ils en avaient la possibilité. Aussi, le père de Bertie passait-il le plus clair de son temps à parcourir sa propriété avec ses employés pour défendre ses vaches. Et chaque fois qu'il quittait la ferme, il faisait la même recommandation :

– N'ouvre jamais cette barrière, Bertie.

C'est bien compris ? Là-bas, il y a des lions, des léopards, des éléphants, des hyènes. Tu ne bouges pas d'ici, tu entends ?

Derrière la barrière, Bertie regardait son père s'en aller tandis que lui demeurait à la maison en compagnie de sa mère, qui était également son professeur. Il n'y avait pas d'école à deux cents kilomètres à la ronde, et sa mère, elle aussi, lui recommandait sans cesse de rester derrière la barrière.

– Regarde ce qui arrive dans *Pierre et le Loup*, disait-elle.

Sa mère était sujette à de fréquents accès de malaria et, même quand elle n'était pas souffrante, il lui arrivait souvent d'être dolente et nostalgique. Il y avait de bons jours, des jours où elle se mettait au piano ou jouait à cache-cache avec lui dans l'enclos. Ou alors, il s'asseyait sur ses genoux, sur le sofa de la véranda, et elle lui parlait longuement de sa maison en Angleterre, elle lui disait combien elle détestait la sauvagerie et la solitude de l'Afrique, elle lui

expliquait à quel point il était tout pour elle. Mais ces jours-là étaient rares. Tous les matins, il grimpait dans le lit de sa mère et se pelotonnait contre elle en espérant, contre toute attente, que ce jour-là elle serait bien portante et heureuse. Mais, la plupart du temps, ce n'était pas le cas, et Bertie se retrouvait une fois de plus livré à lui-même.

A quelque distance de la maison existait un point d'eau en contrebas. Ce point d'eau devint, quand il n'était pas à sec, l'univers de Bertie. Il passait des heures dans l'enclos poussiéreux, agrippé à la clôture, à dévorer des yeux les merveilles du veld, les girafes écartant leurs pattes pour boire, les impalas broutant en remuant nerveusement la queue, toujours sur le qui-vive, les phacochères reniflant et grognant à l'ombre des shingayis, les babouins, les zèbres, les gnous, et les éléphants se vautrant dans la

boue. Mais le moment que Bertie attendait avec impatience, c'était l'apparition d'une bande de lions surgissant des buissons à pas feutrés. Les impalas étaient les premiers à s'enfuir en bondissant, avant que les zèbres ne s'affolent et ne détalent au galop. En l'espace de quelques secondes, les lions avaient la libre disposition du point d'eau et pouvaient s'accroupir pour boire.

Bien à l'abri dans l'enclos, Bertie observait et grandissait en s'instruisant. Maintenant, il était capable de grimper dans l'arbre qui se dressait devant la ferme et de s'asseoir sur ses plus hautes branches. De ce perchoir, il voyait mieux. Il finit par connaître si bien la vie du point d'eau qu'il devinait la présence des lions avant même qu'ils n'apparaissent.

Bertie n'avait aucun camarade de jeu, mais il prétendit toujours que, étant enfant, il n'avait jamais souffert de la solitude. Le soir, il adorait ouvrir ses livres et se plonger dans leurs histoires ; et pendant la journée, son cœur était dehors, dans le veld, avec les animaux. C'était là qu'il souhaitait être. Chaque fois que sa mère était suffisamment en forme, il la suppliait de l'emmener hors de l'enclos, mais la réponse était toujours la même :

– Je ne peux pas, Bertie, ton père l'a interdit, répondait-elle, et on en restait là.

Les hommes rentraient à la ferme avec leurs échos du veld, des guépards plantés comme des sentinelles au sommet de leur tertre, du léopard qu'ils avaient aperçu embusqué dans son arbre-affût, guettant sa proie, de la famille de hyènes qu'ils avaient fait fuir, du troupeau d'éléphants qui avait semé la panique parmi le bétail. Et Bertie, les yeux ronds, écoutait de toutes ses oreilles. Inlassablement, il demandait à son père de l'emmener avec lui surveiller le bétail, mais son père ne faisait qu'en rire, lui tapotait le crâne et répondait que c'était un travail d'homme. Il apprit néanmoins à Bertie à monter à cheval, et également à tirer à

la carabine, mais toujours dans les limites de l'enclos.

Semaine après semaine, Bertie devait rester derrière sa palissade. Toutefois, il avait pris une décision : si personne n'acceptait de l'emmener dans le veld, il finirait un jour ou l'autre par y aller tout seul. Mais quelque chose l'en empêchait toujours, peut-être l'un des récits qu'il avait entendus sur les mambas noirs, ces redoutables serpents dont le venin vous tue en moins de dix minutes, ou sur les hyènes, dont les terribles mâchoires auraient tôt fait de vous réduire en bouillie, ou sur les vautours, qui liquideraient si bien vos restes que personne ne

saurait jamais où vous étiez passé. Pour l'instant, il demeurait derrière la palissade, mais plus il grandissait, plus l'enclos devenait pour lui une prison.

Un soir – Bertie devait avoir autour de six ans –, à califourchon sur une haute branche de son arbre, il attendait désespérément que les lions se décident à venir se désaltérer avant la nuit comme ils le faisaient souvent, mais il ferait bientôt trop sombre pour voir quoi que ce soit. Il allait capituler lorsqu'il aperçut une lionne solitaire se dirigeant vers le point d'eau. Puis il constata qu'elle n'était pas seule. Derrière elle titubait sur de courtes pattes un petit animal qui ressemblait à un tout jeune lionceau mais qui était entièrement blanc, d'un blanc éclatant dans la pénombre grandissante du crépuscule.

Pendant que la lionne buvait, le lionceau joua à lui mordiller le bout de la queue. Lorsqu'elle eut bu son content, ils s'enfoncèrent tous les deux dans les hautes herbes et disparurent.

Bertie se rua dans la maison, glapissant d'excitation. Il fallait qu'il en parle à quelqu'un, à n'importe qui. Il trouva son père travaillant à son bureau.

– Impossible, décréta son père. Ou bien tu as la berlue, ou bien tu mens comme un arracheur de dents. C'est l'un ou l'autre.

– Je l'ai vu, je te jure, insista Bertie.

Mais son père refusa de l'écouter et l'expédia dans sa chambre pour avoir cherché à discuter.

Un peu plus tard, sa mère monta le voir.

– Tout le monde peut se tromper, mon chéri, lui dit-elle. C'était sûrement un effet du crépuscule. Parfois, ça vous brouille les yeux. Un lion blanc, ça n'existe pas.

Le lendemain soir, Bertie retourna à son poste d'observation au-dessus de la clôture, mais le lionceau blanc et la lionne ne se montrèrent pas, et pas davantage le lendemain, ni le soir suivant, ni le jour d'après. Bertie commença à se dire qu'il avait dû rêver.

Une bonne semaine s'écoula, durant laquelle seuls quelques zèbres et quelques gnous visitèrent le point d'eau. Bertie était déjà monté se coucher quand il entendit son père rentrer à cheval dans l'enclos, puis marteler de ses lourdes bottes le sol de la véranda.

– Ça y est, on l'a eue ! On l'a eue ! était-il en train de claironner. Une lionne énorme. Au cours des deux dernières semaines, elle m'a volé une douzaine de mes plus belles bêtes. Eh bien, c'est terminé, elle ne m'en tuera plus d'autre.

Bertie sentit son cœur s'arrêter. En une fraction de seconde, il comprit de quelle lionne parlait son père. Le doute n'était pas permis. Son lionceau blanc était désormais orphelin.

– Mais cette bête avait peut-être des petits, objectait sa mère. Qu'est-ce qu'ils vont devenir, si elle n'est plus là pour les nourrir ? Ils risquent de mourir de faim.

– Si nous n'étions pas intervenus, c'est nous qui serions morts de faim, rétorqua son père. On était obligé de l'abattre.

Bertie passa toute la nuit à guetter l'écho d'un rugissement plaintif se répercutant dans le veld comme si tous les lions de l'Afrique se lamentaient en chœur. Il eut beau enfouir sa tête dans l'oreiller, il fut incapable de penser à autre chose qu'au lionceau blanc orphelin et se fit une promesse solennelle : si jamais le lionceau venait au point d'eau à la recherche de sa mère défunte, Bertie ferait ce qu'il n'avait jamais osé faire, il ouvrirait la barrière, sortirait chercher le lionceau et le rapporterait à la maison. Pas question de le laisser mourir tout seul là-bas. Mais aucun lionceau ne vint au point d'eau. A longueur de journée, jour après jour, Bertie l'attendit, mais il ne vint pas.

CHAPITRE 4

BERTIE ET LE LION

Un matin, une huitaine de jours plus tard, Bertie fut réveillé par un chœur de hennissements affolés. Il bondit hors de son lit et se précipita à la fenêtre. Une bande de zèbres fuyait le point d'eau, poursuivie par un couple de hyènes. Puis il aperçut d'autres hyènes. Trois de celles-ci, figées dans une immobilité totale, le museau pointé, regardaient fixement le point d'eau. Ce fut seulement alors que Bertie découvrit le lionceau. Mais il n'était nullement blanc.

Encroûté de boue, acculé au point d'eau, il menaçait d'une petite patte pathétique les hyènes qui commençaient à l'encercler. Le lionceau n'avait aucune possibilité de fuite, et les hyènes se rapprochaient de plus en plus.

Bertie descendit l'escalier quatre à quatre, traversa la véranda en trombe, et fonça dans l'enclos pieds nus, en poussant des cris stridents. Il ouvrit la barrière toute grande et dévala la pente en direction du point d'eau, hurlant et agitant les bras comme un forcené. Troublées par cette intrusion imprévue, les hyènes firent demi-tour et s'enfuirent, mais elles n'allèrent pas bien loin. Une fois à leur portée, Bertie leur lança une poignée de cailloux et elles reculèrent à nouveau, mais à peine plus loin. En arrivant au point d'eau, il s'interposa entre le lionceau et les hyènes, auxquelles il cria de s'en aller. Elles ne s'en allèrent pas. Elles restèrent sur place et observèrent la scène. Après un instant d'hésitation, elles reprirent leur encerclement, plus proches, toujours plus proches...

C'est à ce moment-là que retentit le coup de feu. Les hyènes déguerpirent dans les hautes herbes et disparurent. Lorsque Bertie se retourna, il vit sa mère dévaler la colline en chemise de nuit, une carabine au poing. C'était la première fois de sa vie qu'il la voyait courir. Ensemble, ils ramassèrent le lionceau couvert de boue et le ramenèrent à la ferme. Il était trop faible pour se défendre, mais il essayait quand même. Aussitôt après lui avoir fait boire un peu de lait chaud, ils le plongèrent dans la baignoire pour le nettoyer. Dès que la boue commença à se détacher, Bertie constata que le pelage était blanc.

– Tu vois ! s'écria-t-il triomphalement. Il est blanc ! Tout blanc ! Je te l'avais bien dit, pas vrai ? C'est mon lion blanc.

Sa mère n'arrivait pas à le croire. Cinq bains plus tard, elle dut s'incliner.

Ils le posèrent près du fourneau, dans une

corbeille, et recommencèrent à le nourrir en lui faisant ingurgiter tout le lait qu'il put absorber, et il en engloutit pas mal. Après quoi il se coucha et s'endormit. Il dormait encore lorsque le père de Bertie rentra à la ferme, à l'heure du déjeuner. Ils lui expliquèrent ce qui s'était passé.

– Je t'en supplie, papa, laisse-moi le garder, implora Bertie.

– Moi aussi, je voudrais le garder, dit sa mère. Nous le souhaitons tous les deux.

Et elle s'était exprimée comme Bertie ne l'avait encore jamais entendue le faire, d'une voix forte, énergique.

Le père de Bertie sembla ne pas trop savoir quoi répondre.

– On parlera de ça plus tard, se contenta-t-il de bougonner et il s'en alla.

Ils en parlèrent effectivement plus tard, lorsque Bertie fut censé être couché. Mais il ne l'était pas. Il les entendit discuter. Il était derrière la porte du salon, observant, écoutant. Son père arpentait la pièce.

– Mais il va grandir, voyons, disait-il. On ne peut pas garder un lion adulte, tu le sais bien.

– Et toi, tu sais bien qu'on ne peut pas l'abandonner aux hyènes, riposta sa mère. Il a besoin de nous, et il se pourrait que nous ayons besoin de lui. Pendant quelque temps, ce sera un compagnon de jeu pour Bertie. Après tout, ajouta-t-elle tristement, ce n'est pas comme s'il devait avoir des frères et des sœurs, n'est-ce pas ?

Sur ces mots, le père de Bertie s'approcha de sa femme et l'embrassa tendrement sur le front. C'était la première fois que Bertie le voyait embrasser sa mère.

– Bon, eh bien d'accord, dit-il. Vous pouvez garder votre lion.

Ainsi donc, le lionceau blanc vint vivre avec eux à la ferme. Il dormait au pied du lit de Bertie. Où que Bertie aille, le lionceau le suivait, fût-ce dans la salle de bain où il regardait Bertie procéder à ses ablutions et lui séchait ensuite les jambes à grands coups de langue. Jamais ils ne se séparaient. C'était Bertie qui s'occupait de sa nourriture : du lait quatre fois par jour, dans une cannette de bière de son père jusqu'à ce que le lionceau apprenne à le laper tout seul dans une écuelle. Il avait de la viande d'impala chaque fois qu'il en voulait et, en grandissant – et il grandissait vite – il en voulut de plus en plus souvent.

Pour la première fois de sa vie, Bertie était pleinement heureux. Le lionceau remplaçait tous les frères et toutes les sœurs qu'il aurait pu désirer, tous les amis dont il aurait pu avoir besoin. Ils s'asseyaient côte à côte sur le sofa de la véranda, pendant que le gros soleil rouge se couchait sur l'Afrique, et Bertie lui lisait *Pierre et le Loup* en lui promettant toujours, à la fin, que jamais il ne le laisserait partir dans un jardin zoologique pour y vivre derrière des barreaux comme le loup de l'histoire. Et le lionceau regardait Bertie avec de grands yeux jaunes pleins de confiance.

– Pourquoi ne lui donnes-tu pas un nom ? lui demanda un jour sa mère.

– Parce qu'il n'en a pas besoin, répondit Bertie. C'est un lion, pas un être humain. Les lions n'ont pas besoin de nom.

La mère de Bertie était toujours d'une patience angélique avec le lion, quels que fussent les dégâts qu'il causait, le nombre des coussins qu'il mettait en charpie ou la quantité de vaisselle qu'il cassait. Rien de tout cela ne semblait l'affecter. Et,

curieusement, elle n'était presque plus jamais malade. Elle marchait d'un pas plus élastique et ses rires emplissaient la maison. Le père de Bertie prenait moins bien les choses.

– Les lions ne sont pas faits pour vivre dans les maisons, marmonnait-il. Vous devriez le laisser dehors, dans l'enclos.

Mais ils ne le firent jamais. Car le lion avait transformé leur vie à tous les deux, la mère et le fils, en leur apportant la joie et la gaieté.

CHAPITRE 5

VIVRE LIBRE

Ce fut la plus belle année de la jeune vie de Bertie, mais quand elle se termina, sa fin fut plus douloureuse qu'il n'aurait jamais pu l'imaginer. Il avait toujours su que plus tard, quand il serait grand, un jour viendrait où il devrait aller à l'école, mais il pensait et espérait que ce ne serait pas avant très longtemps et avait purement et simplement chassé ce problème de son esprit.

Son père venait de rentrer de son voyage

d'affaires annuel à Johannesburg. Dès le premier soir, il annonça la nouvelle pendant le dîner. Bertie sentait qu'il y avait quelque chose dans l'air. Sa mère était de nouveau triste, pas malade, seulement bizarrement triste. Depuis quelques jours, elle évitait de croiser son regard, et ses traits se crispaient chaque fois qu'elle essayait de lui sourire. Le lion venait de se coucher à côté de lui en posant sa tête chaude sur ses pieds lorsque son père s'éclaircit la voix avant de prendre la parole. On allait avoir droit à un laïus. Bertie savait à quoi s'en tenir, il en avait déjà entendu pas mal, sur les bonnes manières, sur la nécessité de réfléchir avant d'agir, sur les multiples dangers qui vous guettaient hors de l'enclos.

– Bertie, tu vas bientôt avoir huit ans, commença son père. Et ta mère et moi, nous avons réfléchi. Un garçon a besoin d'une éducation convenable, d'une bonne école. Eh bien, nous avons trouvé exactement l'établissement qui te convient, une école proche de Salisbury, en Angleterre. Ton oncle George et ta tante Mélanie habitent tout près de là, et ils ont promis qu'ils s'occuperaient de toi durant les vacances et qu'ils viendraient te voir de temps en temps. Pendant quelques années, ils te tiendront lieu de père et de mère. Je suis sûr que tu t'entendras bien avec eux. Ce sont des gens charmants. Tu vas donc prendre le bateau pour l'Angleterre au mois de juillet. Ta mère t'accompagnera. Elle passera l'été avec toi à Salisbury et, en septembre, après t'avoir conduit à ton école, elle reviendra ici, à la ferme. Tout est réglé.

Le cœur étreint d'une épouvante atroce, Bertie ne pouvait penser qu'à une chose : son lion blanc.

– Et le lion ? s'écria-t-il. Qu'est-ce qu'il va devenir ?

– Je crains d'avoir une autre nouvelle à t'annoncer, dit son père.

Et après avoir regardé sa femme et respiré à fond, il apprit la vérité à Bertie. Il lui raconta que, à Johannesburg, il avait fait la connaissance d'un Français, le propriétaire d'un cirque, venu en Afrique chercher des lions et des éléphants pour son spectacle. Il voulait des animaux jeunes, très jeunes, un an au plus, afin de pouvoir les dresser sans trop de difficulté. De plus, les bêtes jeunes sont plus faciles et moins onéreuses à transporter. Dans quelques jours, il viendrait à la ferme voir le lion blanc. Si celui-ci lui convenait, il le payerait un bon prix et l'emmènerait.

Pour la première et dernière fois de sa vie, Bertie se rebella contre son père.

– Non ! s'écria-t-il. Non, tu ne peux pas faire ça !

La colère lui fit monter aux yeux des larmes brûlantes, mais celles-ci firent bientôt place à des sanglots silencieux de désespoir et d'abandon. Rien n'aurait pu le consoler, mais sa mère essaya quand même.

– Il est impossible de le garder ici éternellement, Bertie, dit-elle. Nous l'avons toujours su, n'est-ce pas ? Et tu as remarqué qu'il s'approche continuellement de la clôture pour regarder le veld. Tu as vu comment il tourne en rond. Mais on ne peut pas se contenter de le remettre simplement en liberté. Sans une mère pour le protéger, il serait perdu. Il ne s'en sortirait jamais et serait mort en l'espace de quelques semaines. Tu le sais bien.

– Mais vous ne pouvez pas l'envoyer dans un cirque ! C'est impossible ! protesta Bertie. Il sera enfermé dans une cage, derrière des barreaux. Je lui ai promis que ça ne lui arriverait jamais. Et les gens le regarderont comme une bête curieuse, ils se moqueront de lui. Il préférerait être mort. N'importe quel animal préférerait cela.

Mais il comprit, en regardant ses parents à travers la table, que c'était sans espoir, que leur décision était irrévocable.

Pour Bertie, c'était une véritable trahison. Ce soir-là, il prit sa résolution sur la conduite qui s'imposait. Il attendit d'entendre son père

ronfler derrièrc la porte voisine, puis, son lion blanc sur les talons, il descendit l'escalier en pyjama, décrocha la carabine de son père du râtelier et sortit dans la nuit. Lorsqu'il ouvrit la barrière de l'enclos, elle grinça bruyamment, mais, à ce moment-là, ils étaient sortis, ils étaient dehors et couraient vers la liberté. Bertie ne songeait absolument pas aux dangers qui l'entouraient, obsédé par la pensée qu'il devait s'éloigner le plus possible de la maison pour faire ce qu'il avait à faire.

Le lion trottinait silencieusement à ses côtés, s'arrêtant à tout bout de champ pour humer l'air. Dans l'aube naissante, un bouquet d'arbres se transforma en un troupeau d'éléphants se dirigeant vers eux. Bertie détala. Il savait que les éléphants détestent les lions. Il courut, courut à perdre haleine jusqu'à ce que ses jambes n'en puissent plus. Lorsque le soleil se leva sur le veld, il grimpa au sommet d'un de ces mamelons qu'on appelle là-bas un kopje et s'assit, un bras autour du cou du lion. Le grand moment était venu.

– Maintenant, sauve-toi, chuchota-t-il. Tu dois vivre en liberté. Ne reviens pas à la maison. N'y retourne jamais, on t'enfermerait derrière des barreaux. Tu entends ce que je te dis ? Toute ma vie, je penserai à toi, je te le promets. Jamais je ne t'oublierai.

Il enfouit son visage dans le cou du lion et écouta le ronronnement affectueux qui s'élevait des profondeurs de son gosier.

– Maintenant, je m'en vais, dit-il. Ne me suis pas. S'il te plaît, ne me suis pas.

Et Bertie descendit du kopje et s'éloigna. Lorsqu'il se retourna, le lion n'avait pas bougé. Il l'observait, assis sur son derrière. Mais, à ce moment-là, il se leva, bâilla, s'étira, se lécha les babines et se lança à sa poursuite. Bertie lui cria de ne pas venir, mais le lion n'en tint aucun compte. Il lui lança des bouts de bois. Il lui lança des cailloux. Rien de tout cela n'eut le moindre effet. Le lion s'immobilisait, mais dès que Bertie se remettait en marche, il lui emboîtait le pas à distance prudente.

– Va-t'en, imbécile ! lui cria Bertie. Crétin de lion ! Je te déteste ! Je te déteste ! Fiche le camp !

Mais il eut beau dire et beau faire, le lion continua à le suivre.

Il n'existait qu'un seul moyen. Bertie

répugnait à l'employer, mais il y était contraint. Les yeux et la bouche pleins de larmes, il épaula la carabine et tira au-dessus de la tête du lion. Aussitôt, celui-ci fit volte-face et s'enfuit dans le veld. Bertie tira une deuxième balle. Il attendit que le lion ait disparu pour faire demi-tour et reprendre le chemin de la ferme. Il était prêt à faire face aux conséquences de son acte. Son père allait probablement le battre, lui administrer une raclée à coups de ceinturon – il l'en avait souvent menacé –, mais peu lui importait. Son lion aurait la possibilité de mener une vie libre, peut-être pas une vie très facile, mais tout était préférable aux barreaux et aux fouets d'un cirque.

CHAPITRE 6

LE FRANÇAIS

Ils l'attendaient sur la véranda, sa mère en chemise de nuit, son père avec son chapeau sur la tête et son cheval sellé, prêt à partir à sa recherche.

– Je l'ai remis en liberté, leur cria Bertie. Je l'ai mis en liberté pour qu'il ne soit jamais enfermé derrière des barreaux.

Il fut immédiatement expédié dans sa chambre, où il se jeta sur son lit et enfouit son visage dans l'oreiller.

Jour après jour, son père battit le veld à la recherche du lion blanc, mais il rentrait tous les soirs bredouille et écumant de fureur.

– Qu'est-ce que je vais dire au Français quand il viendra, hein ? Ça ne t'a pas effleuré l'esprit une seconde, n'est-ce pas ? Tu mériterais d'être fouetté. N'importe quel père digne de ce nom te fouetterait.

Mais il n'en faisait rien.

Bertie passait ses journées à la barrière de l'enclos, ou dans son arbre, ou derrière la fenêtre de sa chambre, à scruter le veld en espérant apercevoir quelque chose de blanc se faufilant dans les hautes herbes. Tous les soirs, il priait au pied de son lit jusqu'à ce que ses genoux soient endoloris, il suppliait que son lion blanc apprenne à tuer, qu'il se procure d'une manière ou d'une autre de la nourriture en suffisance, qu'il évite les hyènes (ainsi, d'ailleurs, que les autres lions). Et, surtout, surtout, qu'il ne revienne pas, en tout cas pas avant que le Français ne soit venu et reparti.

Le jour où le Français se présenta à la ferme, il pleuvait à verse. On avait l'impression que c'était la première pluie depuis des mois. Bertie observa le Français sur la véranda, ruisselant d'eau, les pouces aux entournures du gilet, écoutant son père lui expliquer qu'il n'y avait plus de lion à acheter, que celui-ci s'était sauvé. Ce fut le moment que la mère de Bertie choisit pour porter une main à son cœur, pousser un grand cri et tendre le bras. Gémissant pitoyablement, le lion blanc était en train de franchir la porte de l'enclos qui était restée ouverte. Bertie se précipita vers lui, tomba à genoux et l'étreignit. Le lion était trempé jusqu'aux os et tremblait de tout son corps. Visiblement affamé, il était tellement maigre qu'on pouvait compter ses côtes. Tout le monde participa à son décrassage en règle, puis le regarda dévorer gloutonnement.

– Incroyable ! Magnifique ! s'exclama le Français. Et blanc, exactement comme vous me l'aviez dit, blanc comme neige, et apprivoisé, en plus. Il sera la vedette de mon cirque. Je l'appellerai « le Prince blanc ». Il aura tout ce qu'il lui faut, tout ce qu'il voudra, de la viande fraîche tous les jours, de la paille fraîche tous les soirs. J'adore mes bêtes, vous savez. Elles sont ma famille, et votre lion sera mon fils préféré. N'ayez crainte, jeune homme, je vous promets qu'il n'aura plus jamais faim. (Il posa sa main sur son cœur.) J'en prends l'engagement devant Dieu.

Bertie regarda le visage du Français. C'était une bonne figure, pas souriante mais franche, honnête. Mais cela ne suffit pas à le consoler.

– Eh bien, tu vois, lui dit sa mère. Il sera heureux, et c'est la seule chose qui compte, n'est-ce pas, Bertie ?

Bertie comprit que discuter ne servirait à rien. Il se rendait maintenant compte que le lion ne pouvait pas survivre en liberté par ses propres moyens, qu'il fallait qu'il aille avec le Français. C'était la seule solution.

Cette nuit-là, alors qu'ils étaient couchés côte à côte dans l'obscurité, Bertie lui fit une ultime promesse :

– Je te retrouverai, chuchota-t-il. N'oublie jamais que je te retrouverai. Je te le jure.

Le lendemain matin, sur la véranda, le Français serra la main à Bertie et lui fit ses adieux.

– Il sera heureux, ne vous inquiétez pas. Et un jour, il faudra venir en France voir mon cirque, le cirque Merlot. C'est le plus beau cirque de France.

Et ils s'en allèrent, le lion blanc dans une caisse à claire-voie oscillant de droite et de gauche à l'arrière de la charrette du Français. Bertie les suivit des yeux jusqu'à ce que la charrette soit hors de vue.

Quelques mois plus tard, Bertie se retrouva sur un vapeur quittant Le Cap en direction de l'Angleterre, de l'école et

d'une vie nouvelle. Lorsque la montagne de la Table s'estompa dans une brume de chaleur, il dit adieu à l'Afrique sans le moindre regret. Sa mère était auprès de lui, au moins provisoirement, et, après tout, l'Angleterre est plus proche de la France que ne l'est l'Afrique, nettement plus proche.

CHAPITRE 7

STRAWBRIDGE

La vieille dame but une gorgée de son thé et fit la grimace.

– Je suis vraiment incorrigible, dit-elle. Je laisse toujours refroidir mon thé.

Le chien se gratta une oreille et poussa un grognement de satisfaction, mais sans cesser une seconde de me surveiller.

– Alors, l'histoire finit là ? demandai-je.

Elle rit et reposa sa tasse.

– Oh, que non ! répondit-elle, et elle reprit

son récit après avoir débarrassé le bout de sa langue d'une feuille de thé intempestive. Jusqu'ici, c'était uniquement l'histoire de Bertie. Il me l'a racontée si souvent que j'ai presque l'impression d'y avoir participé. Mais, à partir de maintenant, c'est également la mienne.

– Et le lion blanc ? questionnai-je avec impatience. Il a retrouvé le lion blanc ? Il a tenu sa promesse ?

La vieille dame sembla soudain être submergée par une vague de tristesse.

– N'oubliez pas, dit-elle en posant une main décharnée sur la mienne, que les histoires vraies ne se terminent pas toujours comme on le souhaiterait. Qu'est-ce que vous préférez ? Connaître la vérité, ou que je vous concocte quelque chose qui vous fasse plaisir ?

– Je veux savoir ce qui s'est passé réellement, répondis-je.

– Eh bien, je vais vous le dire.

Et ses yeux se détournèrent de moi pour

se fixer sur la fenêtre et contempler à nouveau le lion de papillons, toujours aussi bleu et aussi chatoyant au flanc du coteau.

Pendant que Bertie grandissait dans sa ferme africaine, à l'abri de sa palissade, j'en faisais autant ici, à Strawbridge, dans cette énorme bâtisse glaciale et pleine d'échos enfermée dans son parc, à l'abri de son mur. Et j'y grandissais le plus souvent toute seule. Moi non plus, je n'avais ni frère ni sœur.

Ma mère était morte en me mettant au monde, et papa était rarement là. C'est peut-être la raison pour laquelle nous avons tout de suite sympathisé, Bertie et moi. D'emblée, nous avions beaucoup de points communs.

Tout comme Bertie, je ne sortais pratiquement jamais des limites de mon domaine, si bien que j'avais très peu d'amis. Moi non plus, je n'allais pas à l'école. A la place, j'avais une gouvernante,

Mlle Patsy, que tout le monde appelait « Pète-Sec » tant elle était guindée et revêche. Elle hantait la maison comme un fantôme glacé. Sa chambre était au second étage, comme celles de la cuisinière et de Nounou.

C'est Nounou Mason – que Dieu ait son âme – qui m'a élevée en m'inculquant les principes essentiels de l'existence, comme toute bonne nounou devrait le faire. Pour moi, elle fut plus qu'une nounou, elle fut une mère et une mère formidable, la meilleure que j'aurais pu avoir, la meilleure que n'importe qui aurait pu avoir.

Toutes mes matinées étaient consacrées à l'étude avec Pète-Sec, mais je n'étais pas très attentive car je m'intéressais bien davantage aux après-midi où j'allais me promener en compagnie de Nounou Mason, excepté le dimanche où j'étais livrée à moi-même toute la journée, sauf quand papa venait passer le week-end, ce qui était très rare. Le reste du temps, j'étais libre de jouer avec mes cerfs-volants s'il faisait beau et de me plonger dans mes livres s'il pleuvait. J'adorais mes livres – *Black Beauty*, *Les Quatre Filles du Dr March*, *Heidi* –, tous mes livres, parce qu'ils m'emmenaient au-delà des murs du parc, ils me faisaient visiter le monde entier. C'est dans ces livres que j'ai trouvé mes meilleurs amis... avant de faire la connaissance de Bertie, s'entend.

Je me souviens que cet événement s'est produit juste après mon dixième anniversaire. C'était un dimanche et j'étais dehors, jouant avec mes cerfs-volants. Mais il y avait très peu de vent, et j'avais beau courir le plus vite possible, je n'arrivais pas à faire décoller même mon meilleur cerf-volant. Aussi grimpai-je tout en haut de Wood Hill, un tertre boisé, à la recherche d'un souffle d'air. Et là, sur le sommet dénudé, j'en trouvai enfin suffisamment pour faire prendre son essor à mon engin. Seulement, à ce moment-là, le vent se leva subitement, et mon cerf-volant se mit à tournoyer follement à proximité des arbres. Je n'arrivai pas à le maîtriser suffisamment vite. Il se prit dans les branchages et s'immobilisa au faîte d'un grand orme qui abritait une colonie de corbeaux. Les corbeaux s'envolèrent en croassant avec indignation, tandis que je tirais sur ma ficelle en pleurant de rage et de déception. Je finis par capituler, m'assis par terre et fondis en larmes. A ce moment-là, je vis un jeune garçon émerger des broussailles.

– Je vais vous le chercher, annonça-t-il.

Et il grimpa dans l'arbre avec agilité, rampa le long de la branche, tendit le bras et décrocha mon cerf-volant, qui retomba et atterrit à mes pieds. Mon plus beau cerf-volant était tout cabossé, mais, au moins, je l'avais récupéré. Et puis le garçon redescendit de l'arbre et resta planté devant moi.

– Qui êtes-vous ? lui demandai-je. Qu'est-ce que vous faites là ?

– Je peux vous le réparer, si vous voulez, proposa le garçon.

– Qui êtes-vous ? répétai-je.

– Bertie Andrews, répondit-il.

Il portait un uniforme gris de pensionnaire que je reconnus immédiatement. Du portail au lion, j'avais souvent vu passer les pensionnaires, marchant en rang deux par deux, avec une casquette bleue et des chaussettes bleues.

– Vous venez de l'école qui est sur la route, n'est-ce pas ? dis-je.

– Vous n'allez pas me cafarder ?

Ses yeux étaient brusquement inquiets. Je m'aperçus alors qu'il s'était égratigné les mollets et qu'il saignait.

– Le combat a été rude, hein ? dis-je.

– Je me suis enfui, poursuivit-il. Et je n'y retournerai jamais plus.

– Où irez-vous ? lui demandai-je.

Il secoua la tête.

– Je n'en sais rien. Pendant les vacances, j'habite chez ma tante, à Salisbury, mais je ne m'y plais pas.

– Vous n'avez pas de chez-vous ? demandai-je.

– Bien sûr que si, répondit-il. Tout le monde a un chez-soi. Seulement, le mien est en Afrique.

Nous passâmes tout l'après-midi assis côte à côte sur Wood Hill, et il me parla longuement de l'Afrique, de sa ferme, de son point d'eau, de son lion blanc qui était maintenant quelque part en France, dans un cirque, ce qui lui fendait le cœur.

– Mais je le retrouverai, affirmait-il farouchement. Je ne sais pas comment je ferai, mais je le retrouverai.

Pour être franche, j'avoue que je n'étais pas sûre d'ajouter foi à toute cette histoire de lion blanc. A ma connaissance, un lion ne pouvait pas être blanc.

– L'ennui, poursuivait-il, c'est que même si je le retrouve, je ne pourrai pas le ramener chez moi, en Afrique, comme je m'étais toujours promis de le faire.

– Pourquoi pas ? demandai-je.

– Parce que ma mère est morte. (Il baissa la tête et cueillit quelques brins d'herbe.) Elle avait la malaria, mais je crois que ce qui l'a tuée, c'est le chagrin. On peut en mourir, vous savez. (Lorsqu'il releva les yeux, ils étaient pleins de larmes.) Alors mon père a vendu la ferme et épousé une autre femme. Jamais je ne retournerai là-bas. Je ne veux pas le revoir.

J'aurais voulu lui dire que j'étais très triste pour sa mère, mais je ne trouvai pas les mots qui convenaient.

– Vous habitez vraiment ici ? dit-il. Dans cette immense maison ? Elle est aussi grande que mon école.

Je lui racontai alors le peu qu'il y avait à savoir sur mon compte : papa, qui était si souvent à Londres, Pète-Sec et Nounou Mason. Pendant que je parlais, il mâchonnait des feuilles de trèfle, et quand nous n'eûmes plus rien à raconter ni l'un ni l'autre, nous nous allongeâmes au soleil et regardâmes un couple de buses décrire des cercles au-dessus de nous. Je me tracassais sur son sort si on l'attrapait.

– Qu'est-ce que vous allez faire ? finis-je par lui demander. Vous n'allez pas avoir des ennuis ?

– Seulement si on me pince.

– Mais on vous pincera fatalement, en fin de compte, dis-je. Il faut que vous retourniez là-bas avant qu'on ne s'aperçoive de votre absence.

Au bout d'un instant, il se redressa sur ses coudes et me regarda.

– Il se pourrait que vous ayez raison, reconnut-il. Peut-être qu'on n'a pas encore remarqué mon escapade. Peut-être qu'il est encore temps. Mais si j'y retourne, est-ce que je pourrai revenir ici ? Si je peux revenir, j'aurai le courage de repartir. Vous m'y autoriserez ? Je réparerai votre cerf-volant. Croyez-moi, je le ferai.

Et il m'adressa un sourire tellement attendrissant qu'il me fut impossible de refuser.

Nous prîmes donc nos dispositions. Il me retrouverait sous le grand orme blanc de Wood Hill tous les dimanches après-midi, à trois heures ou aussi près qu'il le pourrait de trois heures.

Il faudrait qu'il vienne par les bois pour qu'on ne puisse pas l'apercevoir de la maison. Je savais pertinemment que si jamais Pète-Sec découvrait le pot aux roses, la sanction serait terrible... pour nous deux, probablement. Bertie haussa les épaules et déclara qu'à l'école le pire qu'il puisse lui arriver, s'il se faisait pincer, serait de se faire fouetter et qu'il n'était pas à une correction près. Et si on le renvoyait, tant mieux, cela ferait parfaitement son affaire.

CHAPITRE 8

ET TOUT VA BIEN

Après cela, Bertie vint tous les dimanches. Parfois brièvement, parce qu'il était en retenue à l'école, ou alors parce que papa était venu passer le week-end avec des amis, histoire de tirer quelques faisans dans le parc. Nous devions être prudents. Il répara effectivement mon beau cerf-volant, mais, au bout de quelque temps, nous nous désintéressâmes complètement des cerfs-volants, nous bornant à bavarder et à nous promener.

Bertie et moi vivions pour nos dimanches. Au cours des deux premières années qui suivirent, nous devînmes d'abord de bons camarades, puis les meilleurs amis du monde. Jamais nous ne faisions allusion à nos sentiments, parce que c'était inutile. Plus je le connaissais, plus je croyais à tout ce qu'il me racontait sur l'Afrique et sur le Prince blanc d'un cirque voyageant sur les routes de France. Je le croyais également quand il me répétait inlassablement qu'un jour, d'une manière ou d'une autre, il retrouverait son lion blanc et veillerait à ce qu'il ne soit plus jamais condamné à vivre derrière des barreaux.

Les vacances scolaires me paraissaient toujours interminables, parce que Bertie n'était pas là le dimanche. En revanche, je n'avais pas à subir les leçons de Pète-Sec. Elle partait toujours passer ses vacances au bord de la mer, chez sa sœur, à Margate. Ses cours étaient remplacés par d'épuisantes promenades dans le parc en compagnie de Nounou Mason, qui baptisait cela « découverte de la nature ».

Je ronchonnais et traînais les pieds.

– Mais c'est tellement rasoir, protestais-je. Si encore il y avait des zèbres, et des buffles, et des éléphants, et des babouins, et des girafes, et des gnous, et des hyènes tachetées, et des mambas noirs, et des vautours, et des lions, je ne me plaindrais pas. Mais un chevreuil par-ci par-là, un trou de renard et parfois un terrier de blaireau ? Une douzaine de crottes de lapin, un nid de rouge-gorge et une touffe d'arums sauvages ?

Une fois, avant d'avoir pu retenir ma langue, je laissai échapper :

– Et tu sais, Nounou, en Afrique, il y a des lions blancs, de vrais lions blancs.

Elle éclata de rire.

– Et puis quoi encore ? Toi et tes fariboles, Millie. Tu lis trop de bouquins.

Bertie et moi, nous n'osions pas nous écrire, de crainte que quelqu'un découvre nos lettres et les lise. Mais les vacances prenaient fin, l'école recommençait, et je le retrouvais sous l'orme blanc dès le premier dimanche, à trois heures précises. Ce que nous sommes arrivés à nous raconter pendant tout ce temps-là, je suis sincèrement incapable de m'en souvenir. Il me disait parfois qu'il ne pouvait pas voir une affiche de cirque sans penser au Prince blanc, mais, au fil des mois, il parla de moins en moins du lion blanc et, finalement, plus du tout. Je me disais qu'il l'avait peut-être oublié.

L'un comme l'autre, nous grandîmes trop vite. Il ne nous resta bientôt plus qu'un trimestre d'été à passer ensemble avant qu'on ne m'envoie chez des bonnes sœurs au bord de la mer, dans le Sussex, et qu'il ne parte dans un collège dépendant de la cathédrale de Canterbury. Étant les derniers, nos rendez-vous étaient plus précieux que jamais. La tristesse nous rendait silencieux. L'amour que nous éprouvions l'un pour l'autre demeurait sous-entendu. Nous le sentions quand nos regards se croisaient, quand nos mains se touchaient. Nous étions tellement sûrs l'un de l'autre ! Avant de nous quitter, le dernier dimanche, il me fit cadeau d'un cerf-volant qu'il avait fabriqué à l'école, pendant les cours de menuiserie, et me dit qu'il faudrait que je pense à lui chaque fois que je jouerais avec.

Et puis il partit pour son collège et moi pour mon couvent, et nous cessâmes de nous voir. Je prenais toujours les plus grandes précautions pour faire voler le cerf-volant qu'il m'avait donné, de crainte qu'il ne s'égare dans un arbre et que je ne puisse plus le récupérer. Il me semblait que si je perdais ce cerf-volant, ce serait comme si je perdais Bertie à tout jamais. Je le rangeais sur le dessus de mon armoire, dans ma chambre. Il y est encore.

Maintenant, nous nous écrivions, parce que nous étions loin de chez nous et qu'il n'y avait plus de danger. Nous nous adressions des lettres dont le contenu était exactement le même que celui de nos conversations sur Wood Hill durant toutes ces années. Les miennes étaient longues et décousues, elles parlaient des cancans de l'école et de l'ambiance plus agréable de la maison depuis le départ de Pète-Sec. Les siennes étaient toujours brèves et ses pattes-de-mouche si minuscules qu'elles étaient presque illisibles. Cloîtré derrière les murs de l'archevêché, il n'était pas plus heureux qu'avant. Tout marchait à coups de cloche, écrivait-il : une cloche pour vous réveiller, une cloche pour les repas, une cloche pour les cours, des cloches, encore des cloches, toujours des cloches qui découpaient les journées en rondelles. Comme nous détestions les cloches, lui et moi ! La dernière chose qu'il entendait avant de s'endormir était la ronde du veilleur de nuit qui passait sous la fenêtre de son dortoir en agitant sa cloche et en criant : « Il est minuit, le temps est beau et tout va bien. » Mais il savait comme moi, comme tout le monde, que tout n'allait pas bien, qu'une grande guerre se préparait. Ses lettres – et les miennes – étaient pleines des craintes qu'elle nous inspirait.

Et l'orage de la guerre éclata. Comme beaucoup d'orages, il commença par ne gronder qu'au loin, et nous espérâmes tous qu'il nous épargnerait d'une manière ou d'une autre. Mais ce ne devait pas être le cas. Papa était splendide dans son uniforme kaki, avec ses étincelantes bottes fauves. Il nous fit ses adieux sur le perron de la maison, à Nounou Mason et à moi, monta dans sa voiture et s'en alla. Nous ne devions plus le revoir. Je ne peux pas prétendre avoir éprouvé beaucoup de chagrin quand la nouvelle de sa mort nous parvint. Je savais qu'une fille est censée pleurer le décès de son père et je m'y efforçai. J'étais triste, évidemment, mais il est difficile de se désoler pour la perte de quelqu'un qu'on n'a jamais véritablement connu, et mon père avait toujours été pour moi un étranger.

Plus grave, infiniment plus grave, fut la pensée que le même sort pourrait un jour frapper Bertie. Aussi priais-je de tout mon cœur pour que la guerre prenne fin alors qu'il était encore en sécurité dans son collège de Canterbury. Nounou Mason s'entêtait à affirmer que tout serait terminé pour Noël, mais Noël revenait chaque année, et ce n'était jamais fini.

Je me rappelle par cœur la dernière lettre que Bertie m'adressa de son collège.

Chère Millie,

Je suis maintenant en âge de m'engager, et je vais le faire. J'en ai soupé des barrières, des murs et des cloches. Je veux être libre de mes mouvements, et cela semble être la seule façon pour moi d'y parvenir. De plus, on a besoin d'hommes. J'imagine que cela vous fait sourire. Vous ne vous souvenez que d'un petit garçon, alors que je mesure aujourd'hui plus de un mètre quatre-vingt, et que je me rase deux fois par semaine. Parole ! Il se peut que je ne vous écrive plus pendant quelque temps mais, quoi qu'il arrive, je penserai toujours à vous.

Votre Bertie

Et ce fut la dernière fois que j'entendis parler de lui... du moins pendant un certain temps.

CHAPITRE 9

BALIVERNES ET FARIBOLES

Le chien geignait à la porte de la cuisine.

– Vous voulez bien sortir Jack ? dit la vieille dame. Merci, vous êtes très gentil. Voilà ce que nous allons faire : je vais chercher le cerf-volant que Bertie m'avait fabriqué, d'accord ? Je suis sûre que vous avez envie de le voir.

Et elle me laissa seul. Je ne demandais pas mieux que de faire sortir le chien et, surtout, de refermer la porte au plus vite. Elle revint plus rapidement que je ne l'attendais.

– Et voilà, dit-elle en posant le cerf-volant devant moi, sur la table. Alors, qu'est-ce que vous en dites, hein ?

Fait d'une toile brune tendue sur un cadre de bois, il était énorme, beaucoup plus volumineux que je ne l'avais prévu, et très poussiéreux. Tous les cerfs-volants que j'avais vus jusque-là étaient infiniment plus gais, plus bariolés. Ma déception dut se lire sur mon visage.

– Il vole encore, vous savez, dit-elle en soufflant sur la poussière. J'aimerais que vous le voyiez évoluer. Il est imbattable. (Elle s'assit, et j'attendis qu'elle reprenne la parole.) Voyons voir, où en étais-je ? demanda-t-elle. Depuis quelque temps, j'oublie tout.

– Vous me parliez de la dernière lettre de Bertie, dis-je. Il partait à la guerre. Mais qu'est-ce qui arrivait au Prince blanc ? Qu'était-il devenu ?

Dehors, le chien aboyait comme un fou. Elle me sourit.

– Tout vient à point à qui sait attendre, dit-elle. Jetez donc un coup d'œil par la fenêtre.

Je regardai. Le lion et le flanc du coteau avaient cessé d'être bleus. Maintenant, ils étaient blancs, et le chien gambadait en poursuivant les nuages de papillons qui s'élevaient autour de lui.

– Il chasse tout ce qui bouge, dit la vieille dame. Mais n'ayez crainte : il n'attrapera pas un seul papillon. Il n'attrape jamais rien.

– Je ne parlais pas de ce lion-là, dis-je. Je parlais de celui de l'histoire. Qu'est-ce qu'il est devenu ?

– Vous ne le voyez pas ? C'est le même. Celui qui est là-bas, sur la colline, et celui de l'histoire, c'est le même lion.

– Je ne comprends pas, avouai-je.

– Vous allez comprendre, répondit-elle. Très bientôt.

Et, après avoir pris une profonde inspiration, elle poursuivit son récit.

Durant bien des années, Bertie ne parla jamais de la guerre de tranchées. Il disait toujours que c'était un cauchemar qu'il était préférable d'oublier, qu'il valait mieux garder pour soi. Mais plus tard, quand il y eut bien réfléchi, peut-être lorsque le temps eut cicatrisé les plaies, il me parla un peu de ce qu'il avait vécu.

A dix-sept ans, il s'était retrouvé sur les routes toutes droites du nord de la France, marchant vers la frontière avec son régiment, la tête et le cœur bouillonnant d'espoir et d'excitation.

Quelques mois plus tard, il était tapi au fond d'une tranchée boueuse, les mains sur la tête et la tête entre les genoux, malade de terreur, et il se faisait le plus petit possible pendant que les obus arrivaient en sifflant et explosaient en bouleversant le monde autour de lui. Et puis le coup de sifflet retentissait et il quittait la tranchée, il sortait dans le *no man's land*, baïonnette au canon, et il courait vers la tranchée allemande dans le staccato des mitrailleuses. Des camarades tombaient à sa droite et à sa gauche, et il continuait à avancer en attendant la balle qui lui était destinée et pouvait l'atteindre à tout moment.

A l'aube, il leur fallait sortir de leurs abris et se tenir prêts, en cas d'attaque ennemie. Les Allemands attaquaient souvent à l'aube. Ce fut le cas le matin de son vingtième anniversaire. Ils déferlèrent sur le *no man's land* au lever du jour, mais furent rapidement repérés et fauchés comme des blés mûrs. Ils faisaient demi-tour et détalaient lorsque le sifflet retentit. Bertie fit sortir ses hommes de la tranchée pour contre-attaquer, mais, comme toujours, les Allemands s'y attendaient, et le carnage habituel commença. Bertie fut touché à la jambe et tomba dans un trou d'obus. Il envisagea d'y passer toute la journée et de repartir en rampant à la faveur de l'obscurité, mais sa blessure saignait abondamment et il ne parvint pas à l'étancher. Il décida donc d'essayer de regagner sa tranchée pendant qu'il en avait encore la force.

Plaqué au sol, il avait presque atteint les barbelés, il était presque en sûreté lorsqu'il entendit une voix appeler dans le *no man's land*. Il ne put rester sourd à un tel appel. Il trouva deux de ses hommes gisant côte à côte, si gravement blessés qu'ils étaient incapables de bouger. L'un d'eux était déjà inconscient. Il le chargea sur son dos et repartit vers la tranchée avec des balles sifflant et miaulant tout autour de lui. L'homme était lourd et Bertie s'effondra plusieurs fois sous son poids, mais il se releva et repartit en titubant jusqu'à ce qu'ils s'écroulent ensemble dans la tranchée. Les brancardiers voulaient emporter Bertie, disant qu'il allait saigner à mort, mais il refusa de les écouter. Un de ses hommes gisait encore là-bas, dans

le *no man's land*, et il était bien décidé à le ramener.

Bertie se hissa hors de la tranchée en agitant ses mains au-dessus de sa tête et repartit. Les tirs cessèrent presque aussitôt. Il était maintenant si faible qu'il pouvait à peine marcher, mais il parvint à atteindre le blessé et à le ramener en le traînant. Il paraît qu'à la fin les hommes des deux camps, Allemands et Anglais, étaient grimpés sur leurs parapets et l'acclamaient pendant qu'il titubait jusqu'à ses lignes. Et puis d'autres soldats vinrent en courant à son aide et, après cela, il ignorait ce qui s'était passé.

Il reprit conscience dans un lit d'hôpital, entre les deux camarades auxquels il avait sauvé la vie. Il y était toujours, quelques semaines plus tard, lorsqu'il apprit qu'il était décoré de la Victoria Cross pour sa courageuse conduite au feu. Il était le héros du jour, la fierté de son régiment.

Par la suite, Bertie traita toujours cette citation de « balivernes et fariboles », déclarant que le véritable courage consiste d'abord à vaincre sa peur. Il faut commencer par être terrifié, ce qui n'avait pas été son cas. Il n'avait pas eu le temps d'avoir peur. Il avait agi sans réfléchir, exactement comme le jour où il avait volé au secours du lionceau blanc bien des années auparavant, en Afrique, quand il était enfant. Bien entendu, cette nomination donna lieu à un tas de festivités à l'hôpital, ce qui lui fit le plus grand plaisir. En revanche, sa jambe guérit moins vite qu'elle n'aurait dû. Il était encore hospitalisé lors de nos retrouvailles.

Ces retrouvailles n'étaient pas purement accidentelles. Il y avait maintenant plus de trois ans que je n'avais reçu aucune lettre de lui, qu'il ne m'avait pas donné le moindre signe de vie. D'accord, il m'avait prévenue, je le sais bien, mais ce long silence était pénible à supporter. L'arrivée du facteur m'apportait invariablement une bouffée d'espoir, et l'absence de lettre aggravait chaque fois ma déception. Je racontai tout à Nounou Mason, qui sécha mes larmes et me conseilla de prier, ce qu'elle-même ferait également. Elle était certaine qu'une lettre ne tarderait plus.

Sans Nounou, je ne sais pas comment j'aurais pu continuer à vivre. J'étais tellement malheureuse ! J'avais vu des blessés qui revenaient de France aveugles, gazés, amputés, et je craignais toujours de découvrir parmi eux le visage de Bertie. Je lisais, dans le journal, les longues listes d'hommes tués ou disparus. Chaque jour, je cherchais son nom et remerciais Dieu de ne pas le trouver. Et, cependant, il n'écrivait pas, et il fallait que je sache pourquoi. Je me disais qu'il était peut-être blessé si gravement qu'il ne pouvait pas écrire, qu'il gisait dans quelque lit d'hôpital, abandonné de tous. C'est pourquoi je décidai de devenir infirmière. Je me rendrais en France, où je soignerais et réconforterais de mon mieux les blessés en espérant le découvrir d'une manière ou d'une autre. Mais je me rendis vite compte que le chercher parmi tant d'hommes en uniforme serait vain. Je ne connaissais même pas le numéro de son régiment, ni son rang. Je ne savais pas par où commencer.

Je fus envoyée dans un hôpital situé à quelque quatre-vingts kilomètres du front, du côté d'Amiens. Cet hôpital était un château reconverti, avec tourelles, escaliers de marbre et lustres à pendeloques, mais l'hiver on y grelottait tellement que beaucoup de patients mouraient du froid autant que de leurs blessures. Nous faisions pour eux tout ce qui était en notre pouvoir, mais nous manquions de médecins et de médicaments. Il arrivait continuellement de nouveaux blessés, et leurs plaies étaient horribles, absolument horribles. Chaque fois que nous en sauvions un, nous en tirions une joie immense. Au milieu des souffrances qui nous entouraient, un peu de joie n'était pas du luxe, croyez-moi.

Un beau matin de juin 1918, je prenais mon petit déjeuner en lisant un magazine (je me souviens que c'était l'*Illustrated London News*) lorsque, en tournant une page, je tombai sur une photo que je reconnus immédiatement. Il avait vieilli, son visage était plus maigre et plus grave, mais je le reconnus sans hésitation : c'était Bertie, avec ses yeux enfoncés et très doux que je me rappelais si bien. D'ailleurs, son nom figurait : « capitaine Albert Andrews VC », les deux majuscules signifiant qu'il avait la

Victoria Cross. La photo était accompagnée d'un article racontant ce qui lui avait valu sa décoration et précisant qu'il se remettait encore de ses blessures dans un hôpital. Or, cet hôpital se trouvait être à une quinzaine de kilomètres de là. Des chevaux sauvages n'auraient pas pu m'empêcher de m'y précipiter. Le dimanche suivant, je m'y rendis à bicyclette.

Lorsque je l'aperçus, il dormait, adossé à ses oreillers, une main derrière la tête.

– Salut, dis-je.

Il ouvrit les yeux et fronça les sourcils. Il lui fallut quelques secondes pour me reconnaître.

– Le combat a été rude, hein ? dis-je.

– Il faut ce qu'il faut, répondit-il.

CHAPITRE 10

LE PRINCE BLANC

On me donna la permission de le sortir tous les dimanches dans son fauteuil roulant, à condition qu'il ne se fatigue pas et qu'il soit de retour pour le dîner. Comme le dit Bertie, cela rappelait tout à fait nos dimanches d'autrefois, quand nous étions enfants. Le seul but de promenade possible était un petit village situé à deux kilomètres de là. Il n'en restait pas grand-chose, quelques rues de maisons plus ou moins amochées, une église au clocher décapité à mi-hauteur, et un bistrot sur la place, heureusement intact. Je poussais Bertie dans son fauteuil roulant pendant une partie du trajet, et il boitillait avec sa canne quand il s'en sentait capable. Nous passions le plus clair de notre temps à bavarder au bistrot, ou en longeant la rivière. Nous avions tellement d'années à rattraper.

S'il ne m'avait pas écrit, m'expliqua-t-il, c'était parce qu'il se disait que chaque jour qu'il passait au front pourrait bien être son dernier, qu'il risquait d'être mort avant le coucher du soleil. Tant de ses camarades avaient disparu. Son tour viendrait fatalement tôt ou tard. Il souhaitait donc que je l'oublie, évitant ainsi le chagrin d'apprendre qu'il avait été tué. On ne souffre pas de ce qu'on ignore, disait-il. Il ne lui était jamais venu à l'idée qu'il pouvait s'en tirer, que nous nous retrouverions.

C'est au cours de l'une de nos sorties dominicales que je remarquai, de l'autre côté de la place, une affiche collée sur le mur de ce qu'il restait du bureau de poste. Ses couleurs étaient délavées et le bas était arraché, mais, dans la partie du haut, l'impression restait parfaitement nette. On lisait cirque Merlot et, au-dessous, Prince blanc. Et on distinguait vaguement l'image d'un lion rugissant, un lion blanc. Bertie l'avait également aperçu.

– C'est lui ! s'exclama-t-il. Ça ne peut être que lui !

Et, sans aucune aide de ma part, il se leva de son fauteuil et, en s'appuyant sur sa canne, clopina en direction du bistrot. Le patron était en train d'essuyer les tables de la terrasse.

– Le cirque, dit Bertie en pointant sa canne vers l'affiche et, comme il ne parlait pratiquement pas le français, il cria en anglais : Vous savez, des lions, des éléphants, des clowns.

Le patron le regarda sans comprendre et haussa les épaules. Aussi Bertie se mit-il à rugir comme un lion en mimant des coups de griffes. Je vis des visages inquiets apparaître derrière la vitre du bistrot, tandis que le patron battait en retraite en secouant la tête. J'arrachai l'affiche du mur et l'apportai. Mon français était un peu meilleur que celui de Bertie. Le patron comprit immédiatement.

– Ah, dit-il en souriant avec soulagement. M. Merlot. Le cirque. C'est une bien triste histoire, et il traduisit tant bien que mal : cirque, fini. Triste, très triste. Vous savez, soldats vouloir bière, vin, peut-être filles. Pas vouloir cirque. Personne y va, et M. Merlot obligé fermer boutique. Mais les bêtes ? Quoi faire des bêtes ? Il les garde. Il les nourrit. Et puis obus arrivent, beaucoup d'obus, de plus en plus d'obus, et sa maison est – comment dit-on ? – bombardée. Beaucoup d'animaux tués. Mais M. Merlot, il reste là. Il garde seulement les éléphants, les singes et le lion, Prince blanc. Tout le monde adore Prince blanc. Seulement, l'armée, elle accapare tout le fourrage pour les chevaux. Plus rien à manger pour les bêtes. Alors M. Merlot prend son fusil et les abat. Plus de cirque. Fini. Triste, très triste.

– Tous les animaux ? s'écria Bertie. Il les a tous tués ?

– Non, répondit le patron. Pas tous. Lui garder Prince blanc. Pas pouvoir tuer Prince blanc, jamais. M. Merlot, il l'a ramené d'Afrique il y a bien des années. Le lion le plus célèbre de toute la France. Il l'aime comme un fils. Ce lion, il a fait la fortune de M. Merlot. Mais aujourd'hui, plus de fortune. Il a tout perdu. Maintenant, il ne lui reste plus rien, seulement Prince blanc. C'est vrai. Je crois qu'ils mourront ensemble. Peut-être eux déjà morts. Comment savoir ?

– Ce M. Merlot, dit Bertie, où habite-t-il ? Où puis-je le trouver ?

Le patron tendit le bras vers la campagne.

– Sept, peut-être huit kilomètres, dit-il. Une vieille bicoque, au bord de la rivière. Juste après le pont, sur la gauche. Pas très loin. Mais M. Merlot, peut-être il n'est plus là. Peut-être maison n'existe plus. Comment savoir ?

Et après un dernier haussement d'épaules, il pivota sur ses talons et rentra dans son établissement.

Des camions militaires traversant continuellement le village, nous faire transporter ne présenta aucune difficulté. Nous laissâmes le fauteuil roulant au bistrot, Bertie ayant déclaré qu'il ne ferait que nous gêner, qu'il était parfaitement capable de se débrouiller avec sa canne.

Nous trouvâmes facilement la maison, un ancien moulin situé à côté d'un pont, comme l'avait dit le patron du bistrot. Il n'en restait pas grand-chose. Les obus avaient réduit les granges à l'état de ruines noircies par le feu. Seul le bâtiment principal avait encore un toit, mais lui non plus ne s'en était pas tiré sans dommage. L'un des angles de la construction présentait un grand trou, partiellement occulté par une bâche qui claquait au vent. Il n'y avait pas le moindre signe de vie.

Bertie frappa plusieurs fois à la porte sans obtenir de réponse. L'ambiance était angoissante. J'aurais désiré partir au plus vite, mais Bertie ne voulut pas en entendre parler. Il poussa doucement la porte, et celle-ci s'ouvrit toute seule. L'intérieur de la maison était obscur. Je n'avais aucune envie d'y pénétrer, mais Bertie me prit fermement par la main.

– Il est là, chuchota-t-il. Je le sens.

Et c'était vrai. Une odeur flottait dans l'air, âcre et fétide.

– Qui est là ? interrogea une voix d'homme dans les ténèbres. Qu'est-ce que vous cherchez ?

Il parlait si bas que, avec le bruit de la rivière qui bouillonnait au-dehors, on l'entendait à peine. Je distinguai la forme d'un grand lit sous la fenêtre, à l'autre bout de la pièce. Un homme y était couché, adossé à une pile de coussins.

– Monsieur Merlot ? s'enquit Bertie.

– Oui ?

Pendant que nous avancions tous les deux, Bertie expliqua :

– Je suis Bertie Andrews. Il y a bien des années de cela, vous êtes venu jusqu'à ma ferme, en Afrique, et vous avez acheté un lionceau blanc. Vous l'avez encore ?

Comme en réponse à sa question, la couverture blanche posée au pied du lit se transforma en un lion qui se souleva, sauta à terre et se dirigea vers nous en émettant un effrayant grondement du fond de la gorge. Je me figeai sur place, tandis que le lion venait droit vers nous.

– N'ayez pas peur, Millie, il ne nous fera aucun mal, dit Bertie en entourant mes épaules de son bras. Lui et moi sommes de vieux amis.

Avec force gémissements et grognements, le lion se frotta contre Bertie si vigoureusement que nous dûmes nous cramponner l'un à l'autre pour ne pas être renversés.

CHAPITRE 11

UN MIRACLE UN VÉRITABLE MIRACLE !

Le lion examina Bertie pendant un instant. Il arrêta de gémir et se mit à grogner et à gronder de plaisir, tandis que Bertie lui caressait la crinière et lui grattait le museau entre les yeux.

– Tu te souviens de moi ? demanda-t-il au lion. Tu te rappelles l'Afrique ?

– C'est vraiment vous ? Je ne rêve pas ? dit M. Merlot. Vous êtes le petit garçon d'Afrique, celui qui avait tenté de le faire vivre en liberté ?

– J'ai un peu grandi, acquiesça Bertie, mais c'est bien moi.

Bertie et M. Merlot se serrèrent la main avec effusion, tandis que le lion tournait son attention vers moi en me léchant la main à grands coups de langue tiède et râpeuse. Je serrai les dents en espérant qu'il ne la croquerait pas.

– J'ai fait tout ce que j'ai pu, soupira M. Merlot en secouant la tête. Mais regardez dans quel état il est ! Il n'a plus que la peau et les os, comme moi. Toutes mes bêtes sont mortes, sauf le Prince blanc. Il ne me reste plus que lui. Vous savez qu'il a fallu que j'abatte mes éléphants ? J'étais obligé : il n'y avait plus de fourrage pour les nourrir. Je n'allais tout de même pas les laisser crever de faim ?

Bertie s'assit au bord du lit, entoura de ses bras le cou du lion et enfouit son visage dans sa crinière. Le lion se frotta contre lui, mais sans me quitter une seconde des yeux. Je gardai mes distances, croyez-moi. Je n'arrivais pas à me débarrasser de l'idée que les lions dévorent bel et bien les gens, surtout quand ils sont affamés. Et ce lion-là était très, très affamé. On lui voyait les côtes, ainsi que les os des hanches.

– Ne vous inquiétez pas, monsieur, dit Bertie. Je trouverai de quoi le nourrir. Je trouverai suffisamment de nourriture pour vous deux. Je vous le promets.

Le conducteur d'ambulance auquel je fis signe commença par croire qu'il s'agissait seulement de ramener une infirmière au village. Comme vous pouvez l'imaginer, il fut nettement moins enthousiaste quand il aperçut le vieux monsieur, puis Bertie et enfin, et surtout, un énorme lion blanc.

Pendant tout le trajet, le conducteur déglutit abondamment mais ne dit pas un mot, et il se borna à hocher la tête quand Bertie le pria de nous déposer sur la place du village. Et c'est là que nous nous retrouvâmes une demi-heure plus tard, confortablement attablés au soleil, à la terrasse du bistrot, le lion couché à nos pieds, mâchonnant un os imposant que le boucher avait été enchanté de nous vendre. M. Merlot engloutissait une platée de frites qu'il faisait descendre avec une bouteille de vin rouge. Autour de nous, une foule éberluée de villageois, de soldats français et de soldats anglais s'était amassée... à distance prudente. Bertie ne cessait pas un instant de gratter la tête du lion entre les yeux.

– Il a toujours adoré qu'on le gratte à cet endroit-là, me dit Bertie en souriant. Je vous avais bien dit que je finirais par le retrouver, n'est-ce pas ? poursuivit-il. Sans être jamais

pleinement convaincu que vous me croyiez.

– Si, je vous croyais, rétorquai-je et j'ajoutai : enfin, au bout d'un certain temps.

Ce qui était la stricte vérité. Elle explique probablement pourquoi je supportai aussi calmement tout ce qui se passa ce matin-là. C'était extraordinaire, presque surréaliste, mais ce n'était pas surprenant. Une prophétie qui se réalise – tout comme un souhait qui s'accomplit, ce qui était également le cas – n'est jamais totalement surprenante.

En dégustant notre vin à la terrasse du bistrot, nous décidâmes ensemble ce qu'il convenait de faire pour le Prince blanc. M. Merlot pleura abondamment en déclarant que c'était « un miracle, un véritable miracle ! », puis sécha ses larmes et vida un nouveau verre de vin. Il appréciait beaucoup ce vin.

Le plan tout entier fut l'œuvre exclusive de Bertie. Pour être franche, j'avoue qu'il me paraissait absolument irréalisable. Grosse erreur de ma part. J'aurais dû savoir que quand Bertie prenait une décision, il s'arrangeait pour la mener à bien.

Lorsque nous empruntâmes la grand-rue du village, Bertie s'appuyant sur le lion et moi poussant M. Merlot dans le fauteuil roulant, la foule s'écarta devant nous et commença par reculer, puis décida de nous suivre – à distance respectueuse s'entend – sur la route conduisant à l'hôpital de Bertie. Quelqu'un avait dû prendre les devants et courir annoncer la nouvelle, car un groupe de médecins et d'infirmières nous attendait sur le perron et il y avait des curieux à toutes les fenêtres. A notre arrivée, un officier s'avança, un colonel. Bertie se mit au garde-à-vous.

– Mon colonel, commença-t-il, M. Merlot, ici présent, est un très vieil ami à moi. Il faut l'hospitaliser. Il a besoin de repos, mon colonel, et surtout d'une alimentation convenable. Il en va de même pour le lion. Alors je me suis demandé, mon colonel, si vous verriez un inconvénient à ce que nous utilisions le jardin clos qui se trouve derrière l'hôpital. Il y a là un cabanon où le lion pourrait coucher. Il y serait en sécurité, et nous aussi. Je le connais, il est inoffensif. Et M. Merlot, ici présent, a déclaré que si j'avais la possibilité de nourrir le lion et de le loger, je pourrais l'emmener en Angleterre avec moi.

– Quelle inconcevable impertinence ! explosa le colonel en descendant les marches du perron. Pour qui vous prenez-vous, jeune homme ? demanda-t-il et, à ce moment-là, il reconnut Bertie. Vous êtes le garçon qui vient d'être décoré de la Victoria Cross, si je ne me trompe ? dit-il, soudain beaucoup plus aimable. Andrews, si je ne m'abuse ?

– Oui, mon colonel, et je souhaite emmener le lion avec moi quand je rentrerai en Angleterre. Nous disposons d'un endroit tout à fait apte à le recevoir. (Il se tourna vers moi.) N'est-ce pas ? me demanda-t-il.

– Oui, répondis-je.

Obtenir l'accord du colonel ne fut pas une mince affaire. Il ne commença à fléchir que quand nous lui expliquâmes que si nous ne nous occupions pas du lion blanc, personne d'autre ne pourrait le faire à notre place et on serait forcé de l'abattre. Abattre un lion, le symbole de la Grande-Bretagne ! Très mauvais pour le moral, plaida Bertie. Et le colonel l'approuva.

Lorsque la guerre prit fin, il ne fut pas plus aisé de convaincre les autorités compétentes d'autoriser le rapatriement du lion, mais Bertie y parvint d'une manière ou d'une autre. Il ne considérait jamais un non comme une réponse. Par la suite, Bertie affirma toujours que c'était sa médaille qui avait tout fait, qu'il ne s'en serait jamais tiré sans le prestige de la Victoria Cross, et que le lion n'aurait pas retrouvé un foyer.

Lorsque nous débarquâmes à Douvres, la fanfare nous attendait, le quai était pavoisé, et il y avait des photographes et des journalistes partout. Le Prince blanc descendit l'échelle de coupée au côté de Bertie et fut accueilli en héros. « Le Lion britannique rentre au bercail ! » proclamèrent les journaux du lendemain.

Nous vînmes donc nous installer ici, à Strawbridge, Bertie, le Prince blanc et moi. J'épousai Bertie dans l'église du village. Je me souviens que Bertie éprouva quelques difficultés avec le curé, qui s'opposa catégoriquement à ce que le Prince blanc assiste à la cérémonie à l'intérieur de l'église. Il n'y assista pas et j'en fus fort aise... mais je ne l'avouai jamais à Bertie. Nounou Mason s'enticha aussi bien de Bertie que du Prince blanc, mais insista pour le laver souvent parce qu'il sentait mauvais (le lion, pas Bertie). Nounou Mason partagea notre vie à tous les trois – elle nous appelait « ses trois enfants » – jusqu'à ce qu'elle se retire dans le Devon pour prendre sa retraite au bord de la mer.

CHAPITRE 12

LE LION DE PAPILLONS

Bertie et moi n'eûmes pas d'enfant en dehors du Prince blanc, mais, croyez-moi, celui-ci aurait amplement comblé les besoins familiaux de n'importe qui. Comme nous l'avions prévu, il vivait en liberté dans le parc en poursuivant chevreuils et lapins quand l'envie l'en prenait, mais jamais il n'apprit à chasser pour de bon. On ne peut pas modifier les habitudes d'un vieux lion. Il mangeait abondamment, principalement du gibier, et couchait sur un canapé dans le couloir. Je n'ai jamais toléré sa présence dans notre chambre à coucher, en dépit des demandes réitérées de Bertie : il faut savoir fixer des limites.

La jambe de Bertie ne guérit jamais complètement. Quand elle le faisait souffrir, il devait s'appuyer sur une canne, ou sur moi, ou sur le lion. Elle était souvent très douloureuse, surtout quand le temps était froid et humide, et il ne dormit jamais bien. Le dimanche, nous partions tous les trois nous promener dans le parc. Bertie s'asseyait au sommet de Wood Hill, les bras autour du cou de son vieil ami, et je faisais manœuvrer mes cerfs-volants. Comme vous savez, j'ai toujours adoré les cerfs-volants, et il faut croire que le lion les aimait autant que moi, car il lui arriva souvent de bondir sur l'un d'eux au moment où il atterrissait, d'y planter ses crocs et de le mettre en charpie.

Le lion ne manifesta jamais la moindre velléité de s'enfuir, et même si cette idée lui était venue, les murs du parc étaient trop élevés pour qu'un vieux lion puisse les franchir. Là où allait Bertie, là il voulait également aller. Et si Bertie partait en voiture, il venait se coucher à côté de moi dans la cuisine, près du fourneau, et me regardait avec ses grands yeux jaunes, l'oreille continuellement aux aguets dans l'attente du bruit que ferait la voiture de Bertie en roulant sur le gravier de l'allée qui mène au perron.

Le vieux lion atteignit un âge avancé, mais ses pattes étaient de plus en plus raides et, à la fin, il était quasiment aveugle. Il passa ses derniers jours à dormir, étendu de tout son long aux pieds de Bertie, exactement là où vous êtes assis en ce moment. Lorsqu'il mourut, nous l'enterrâmes là-bas, au pied de la colline. Ce fut Bertie qui choisit l'endroit, de manière à l'avoir constamment sous les yeux depuis la fenêtre de la cuisine. Je suggérai d'y planter un arbre, pour ne pas risquer d'oublier où il se trouvait.

– Jamais je ne l'oublierai, me répondit farouchement Bertie. Jamais. Et d'ailleurs, il mérite beaucoup mieux qu'un arbre.

Après la mort du lion, Bertie broya du noir durant des semaines, durant des mois. Rien de ce que je faisais ne parvenait à le distraire, encore moins à le consoler. Il passait des heures assis dans sa chambre, ou partait faire de longues promenades solitaires. Il semblait se replier sur lui-même tant il était distant et, malgré mes efforts, je ne parvenais pas à l'atteindre.

Et puis, un beau jour, j'étais assise ici, dans la cuisine, lorsque je le vis descendre précipitamment la colline en agitant sa canne et en m'appelant.

– Ça y est ! s'écria-t-il en entrant. J'ai enfin trouvé. (Il me montra le bout de sa canne, qui était tout blanc.) Tu vois ça, Millie ? C'est de la craie ! Il y a de la craie sous la terre.

– Et alors ? demandai-je.

– Tu connais le célèbre Cheval blanc de la

colline d'Uffington, celui qui a été gravé dans la craie il y a un millier d'années ? Ce cheval n'est jamais mort, n'est-ce pas ? Il est toujours vivant, pas vrai ? Eh bien, nous allons en faire autant, afin qu'on ne l'oublie jamais. Nous allons ciseler le Prince blanc à flanc de coteau. Il y demeurera éternellement et restera blanc pour toujours.

– Ça va prendre pas mal de temps, non ? objectai-je.

– Le temps, nous en avons à revendre, rétorqua Bertie en arborant le même sourire que celui qu'il m'avait adressé quand il était un petit garçon de dix ans, pour me demander s'il pourrait revenir et me réparer mon cerf-volant.

Cela nous prit vingt ans. Chaque fois que nous avions un moment de libre, nous montions gratter le sol de la colline avec des bêches et des truelles. Et nous nous munissions de seaux et de brouettes pour redescendre la terre et l'humus. C'était un travail dur, éreintant, mais c'était un acte d'amour.

Nous l'accomplîmes ensemble, Bertie et moi : les pattes, les griffes, la queue, la crinière, jusqu'à ce qu'il soit complet et parfait dans ses moindres détails.

Nous venions tout juste de le terminer lorsque les papillons firent leur apparition. Nous observâmes que l'été, quand le soleil brille après la pluie, les papillons – ce sont des adonis bleus, j'ai cherché leur nom dans l'encyclopédie – viennent boire sur les plaques de craie. A ce moment-là, le Prince blanc devient un lion de papillons, et il recommence à respirer comme une créature vivante.

Eh bien, maintenant, vous savez comment le lion blanc de Bertie est devenu le Prince blanc, et comment le Prince blanc est devenu notre lion de papillons.

CHAPITRE 13

ET LE LION ET L'AGNEAU REPOSERONT CÔTE À CÔTE

La vieille dame se tourna vers moi et sourit.

– Voilà, dit-elle. C'est ici que mon histoire prend fin.

– Et Bertie ? demandai-je. Qu'est-ce qu'il est devenu ?

Je compris, en posant cette question, que j'aurais mieux fait de m'en abstenir. Mais il fallait que je sache.

– Il est mort, mon chéri, répondit la vieille dame. C'est ce qui vous arrive quand on est vieux. Rien d'extraordinaire là-dedans, mais on se sent seul. C'est pour ça que j'ai Jack. Et, tout comme son lion, Bertie a vécu jusqu'à un âge avancé. Il est enterré là-bas, au pied de la colline, à côté du Prince blanc. (Ses yeux se fixèrent un instant sur la colline.) Et c'est également là qu'est ma place.

Elle tapota la table du bout des doigts.

– Allez, venez. Il est temps de partir. Je vous ramène à l'école avant qu'on n'ait remarqué votre absence et que vous n'ayez des ennuis. Ce que nous préférons éviter, n'est-ce pas ? (Elle rit.) Figurez-vous que c'est mot pour mot ce que je disais à Bertie pendant toutes ces années, quand il se sauvait de l'école. Vous vous souvenez ? (Elle s'était levée.) Venez, je vais vous reconduire. Et n'ayez pas l'air si inquiet, je m'arrangerai pour que personne ne vous voie. Ce sera comme si vous n'aviez jamais mis le nez dehors.

– Je pourrai revenir ? demandai-je.

– Bien sûr, répondit-elle. Je ne serai peut-être pas toujours facile à découvrir, mais je serai là. Je débarrasse rapidement la table du goûter et on s'en va, d'accord ?

La voiture était très vieille, noire, haute sur pattes, aristocratique et essoufflée, et elle sentait le cuir. La vieille dame me déposa au bout du parc de l'école, près de la clôture.

– Prenez bien soin de vous, mon chéri, me dit-elle. Et revenez me voir très bientôt, promis ? Vous serez le bienvenu.

– Je reviendrai, répondis-je.

Après avoir escaladé la clôture, je me retournai pour lui adresser un dernier adieu, mais, entre-temps, la voiture était déjà repartie.

A mon grand soulagement, personne ne m'avait cherché. Et, surtout, Battling Beaumont était à l'infirmerie : il avait attrapé la rougeole. J'espérais qu'elle durerait très, très longtemps.

Je ne cessai de penser à Bertie Andrews et à son lion blanc pendant tout le dîner. Ragoût aux boulettes de pâte, suivi de pudding de semoule à la gelée de groseille, pour ne pas changer ! Ce fut en chipotant dans ma semoule gluante que je me rappelai que Bertie Andrews avait fréquenté la même école, et je me dis qu'il s'était peut-être assis à la même table que moi et nourri de la même semoule gluante.

Je levai les yeux vers les tableaux qui ornaient les murs de la salle à manger et sur lesquels figuraient les noms de tous les élèves qui, au cours des années, avaient obtenu leur diplôme. Je cherchai celui de Bertie Andrews. Il n'y était pas. Et pourquoi, songeai-je, devrait-il y être ? Comme moi, Bertie n'était peut-être pas très porté sur les études. Tout le monde ne décroche pas le diplôme de fin d'études.

Cookie – M. Cook, mon professeur d'histoire – était assis à ma table, à côté de moi.

– Vous cherchez quelqu'un, Morpurgo ? me demanda-t-il brusquement.

– Andrews, monsieur, répondis-je. Bertie Andrews.

– Andrews ? Un Albert Andrews a été

décoré de la Victoria Cross pendant la Première Guerre mondiale. C'est de lui que vous parlez ? (Cookie racla son bol et lécha sa cuillère.) J'adore la gelée de groseille. Vous trouverez son nom dans la chapelle, sous le vitrail, sur le monument aux morts. Mais il n'est pas mort au combat, vous savez. Il a vécu ici, à Strawbridge, dans la propriété qui a un lion au-dessus du portail, sur la grand-route. Il est décédé il y a une dizaine d'années, peut-être douze ans. Je venais d'arriver ici comme professeur. C'est le seul de nos anciens élèves qui ait jamais été décoré de la Victoria Cross. C'est pourquoi on lui a mis une plaque commémorative dans la chapelle, après sa mort. Je me rappelle le jour où sa femme est venue inaugurer cette plaque... sa veuve, devrais-je dire. Pauvre malheureuse, toute seule avec son chien dans cette grande chapelle. Elle ne lui a survécu que quelques mois. On a dit que son cœur avait lâché. Ça peut arriver, vous savez. On peut mourir d'un cœur brisé. Depuis lors, leur demeure est restée inoccupée. Aucun membre de la famille ne l'a réclamée. Trop vaste, vous savez. Très triste.

Je le priai de m'excuser parce que j'avais besoin d'aller aux toilettes. J'enfilai le couloir au triple galop, traversai la cour ventre à terre et me précipitai dans la chapelle. La plaque de cuivre se trouvait bien à l'endroit indiqué par Cookie, mais elle était cachée par un vase de fleurs. J'écartai le vase. La plaque disait :

ALBERT ANDREWS VC
1897-1968
ANCIEN ÉLÈVE DE CETTE ÉCOLE
ET LE LION ET L'AGNEAU
REPOSERONT CÔTE À CÔTE

Toute la nuit durant, j'essayai de comprendre. Cookie se trompait. Il s'était fatalement trompé. Je ne fermai pas l'œil un seul instant.

CHAPITRE 14

LES ADONIS BLEUS

Le lendemain après-midi, après le sport, j'escaladai la clôture au fond du parc, franchis la brèche des Innocents, traversai la route, longeai le mur et me faufilai derrière le portail de fer forgé couronné d'un lion de pierre rugissant. Il tombait une petite pluie fine d'été.

Je commençai par frapper à la porte d'entrée. Personne ne se manifesta. Aucun chien n'aboya. Je contournai la maison et regardai par la fenêtre de la cuisine. Le cerf-volant était toujours là, sur la table, mais pas trace de la vieille dame. Je cognai à la porte de la cuisine, puis recommençai plus fort, à plusieurs reprises.

– Ho ! là, il y a quelqu'un ? criai-je.

Pas de réponse. Je frappai à la fenêtre.

– Vous êtes là ?

– Nous sommes tous là, répondit une voix derrière moi.

Je me retournai. Il n'y avait personne. J'étais seul, tout seul avec le lion blanc gravé dans le flanc de la colline. J'avais rêvé.

Je montai au sommet de la colline et m'assis dans l'herbe, derrière la crinière blanche du lion. Je contemplai la grande maison, à mes pieds. Des corneilles passèrent au-dessus de ma tête en croassant. Des fougères et des mauvaises herbes poussaient dans les chéneaux et autour des cheminées. Certaines fenêtres étaient condamnées par des planches. Des gouttières rouillées pendaient misérablement. La maison était vide, totalement vide.

La pluie cessa brusquement et le soleil me chauffa la nuque. Le premier papillon se posa sur mon bras. Il était bleu.

– Des adonis bleus, des adonis bleus, dit la voix de tout à l'heure, comme un écho à l'intérieur de ma tête.

Et le ciel, autour de moi, s'emplit de papillons qui se posèrent sur la craie mouillée pour boire.

– Des adonis bleus, vous vous souvenez ?

La même voix, une vraie voix, celle de la vieille dame. Et, cette fois, je compris que ça ne se passait pas dans ma tête.

– Soyez gentil, gardez-le-nous bien blanc. Nous ne voudrions pas qu'on l'oublie, vous comprenez. Et pensez quelquefois à nous.

– Je le ferai, criai-je. Je vous le promets.

Et je vous jure que je sentis un lointain rugissement de lion faire trembler le sol sous mes pieds.

L'AUTEUR

Michael Morpurgo est né à St Albans, en Angleterre. À dix-huit ans, il obtient une bourse pour rentrer à la Sandhurst Military Academy mais abandonne l'armée pour devenir professeur. Il invente sans cesse des histoires qu'il raconte à ses élèves jusqu'au jour où, encouragé par la directrice de l'école où il travaillait, Michael écrit un premier livre. C'est la publication de *Cheval de guerre* en 1982 qui a véritablement lancé sa carrière d'écrivain. Il se consacre alors à l'écriture et aux enfants en difficulté. En 1978, lui et sa femme Clare, ouvrent une ferme dans le Devon pour accueillir des enfants de quartiers urbains défavorisés et leur faire découvrir la campagne et les animaux. Michael et Clare dirigent aujourd'hui trois fermes : une dans le Devon, la deuxième au pays de Galles et la troisième dans le Gloucestershire où ils reçoivent chaque année plus de trois mille enfants. Ils ont été décorés par la reine de l'ordre du British Empire, en reconnaissance de leurs actions destinées à l'enfance.
Michael Morpurgo est l'auteur d'une soixantaine de livres, traduits dans le monde entier et récompensés par de nombreux prix littéraires. Généreux, chaleureux, il n'hésite pas à aller à la rencontre de son public, fût-il outre-Manche, et est ainsi souvent accueilli dans les écoles et les bibliothèques françaises. Jouissant d'une très grande notoriété en Grande-Bretagne, il a imaginé, à l'aide de son ami, le poète Ted Hughes, ancien ambassadeur de la poésie, la mission d'ambassadeur des enfants dont il a eu la charge après Quentin Blake et Anne Fine.

Entre autres titres, il a déjà publié : *Toro ! Toro ! L'ours qui ne voulait pas danser* (Folio Cadet), *Cheval de guerre, Le Roi de la forêt des brumes, Le Trésor des O'Brien, Le Naufrage du Zanzibar, Le Roi Arthur* (Folio Junior), et en Hors-Série : *Le Royaume de Kensuké* (qui reçut les prix Tam-Tam, Bernard Versele, Lire au collège et Sorcières, en 2001 et 2002 !).

Jean-Michel Payet est né un 1er mai, à Paris, en 1955. Après des études d'architecture, activité qu'il pratique encore aujourd'hui, il se consacre à l'illustration, conciliant ainsi sa passion des livres et celle des images. Il aime aussi parcourir le monde et recueillir dans ses carnets les visages et les images rencontrés. C'est à ces rencontres qu'il a pensé en illustrant *Le Lion blanc*.

L’auteur tient à remercier
tout particulièrement Chris McBride,
Virginia McKenna et Gina Pollinger.

CONTES CLASSIQUES ET MODERNES

La petite fille aux allumettes, 183
La petite sirène, 464
Le rossignol de l'empereur de Chine, 179
de Hans Christian Andersen
illustrés par Georges Lemoine

Le cavalier Tempête, 420
de Kevin Crossley-Holland
illustré par Alan Marks

La chèvre de M. Seguin, 455
d'Alphonse Daudet
illustré par François Place

Nou l'impatient, 461
d'Eglal Errera
illustré par Aurélia Fronty

Le lac des cygnes et autres belles histoires, 473
d'Adèle Geras
illustré par E. Chichester Clark

Prune et Fleur de Houx, 220
de Rumer Godden
illustré par Barbara Cooney

Les 9 vies d'Aristote, 444
de Dick King-Smith
illustré par Bob Graham

Histoires comme ça, 316
de Rudyard Kipling
illustré par Etienne Delessert

Les chats volants, 454
Le retour des chats volants, 471
d'Ursula K. Le Guin
illustrés par S. D. Schindler

La Belle et la Bête, 188
de Mme Leprince de Beaumont
illustré par Willi Glasauer

Contes d'un royaume perdu, 462
d'Erik L'Homme
illustré par François Place

Mystère, 217
de Marie-Aude Murail
illustré par Serge Bloch

Contes pour enfants pas sages, 181
de Jacques Prévert
illustré par Elsa Henriquez

La magie de Lila, 385
de Philip Pullman
illustré par S. Saelig Gallagher

Une musique magique, 446
de Lara Rios
illustré par Vicky Ramos

Du commerce de la souris, 195
d'Alain Serres
illustré par Claude Lapointe

Les contes du Chat perché

L'âne et le cheval, 300
Les boîtes de peinture, 199
Le canard et la panthère, 128
Le cerf et le chien, 308
Le chien, 201
L'éléphant, 307
Le loup, 283
Le mauvais jars, 236

AVENTURE

FAMILLE,
VIE QUOTIDIENNE

LES GRANDS AUTEURS POUR ADULTES ÉCRIVENT POUR LES ENFANTS

Motordu est le frère Noël, 335

Motordu et le fantôme du chapeau, 332

Motordu et les petits hommes vers, 329

Motordu et son père Hoquet, 337

Motordu sur la Botte d'Azur, 331

Silence naturel, 292
de Pef

Harry-le-Chat, Tucker-la Souris et Chester-le-Grillon

Harry-le-Chat et Tucker-la-Souris, 436

Un grillon dans le métro, 433
de George Selden,
illustrés par Garth Williams

Eloïse

Eloïse, 357

Eloïse à Noël, 408

Eloïse à Paris, 378
de Kay Thompson
illustrés par Hilary Knight

Les Chevaliers en herbe

Le bouffon de chiffon, 424

Le monstre aux yeux d'or, 428

Le chevalier fantôme, 437

Dangereux complots, 451
d'Arthur Ténor
illustrés par D. et C. Millet

BIOGRAPHIES DE PERSONNAGES CÉLÈBRES

Louis Braille, l'enfant de la nuit, 225
de Margaret Davidson
illustré par André Dahan

La métamorphose d'Helen Keller, 383
de Margaret Davidson
illustré par Georges Lemoine